かへろが鳴くから

かぁへろ

北原白秋

童話屋

目次

装幀・画　島田光雄

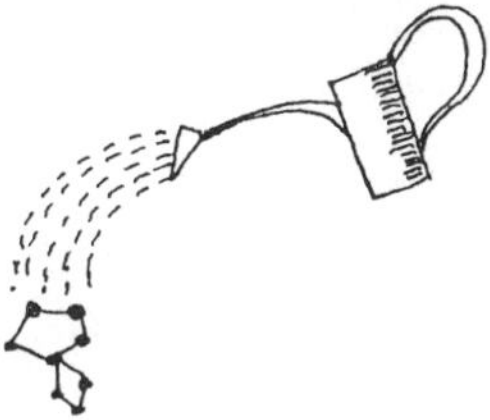

かへろかへろ

かへろかへろと
なに見《み》てかへる。
寺《てら》の築地《ついぢ》の
影《かげ》を見《み》い見《み》いかへる。
『かへろが鳴《な》くからかぁへろ。』

かへろ↓かえろ

かへる↓かえる
ついぢ↓ついじ
かぁへろ↓かぁえろ

かへろかへろと
たれだれかへる。
お手手《てて》ひきひき
ぽっつりぽっつりかへる。
『かへろが鳴《な》くからかぁへろ。』

かへろかへろと
なに為《し》てかへる。
葱《ねぎ》の小《こ》坊主《ぼうず》
たたきたたきかへる。
『かへろが鳴《な》くからかぁへろ。』

ばう↓ぼう

かへろかへろと
どこまでかへる。
あかい燈《ひ》のつく
三丁《てう》さきへかへる。
『かへろが鳴《な》くからかぁへろ。』

てう→ちょう

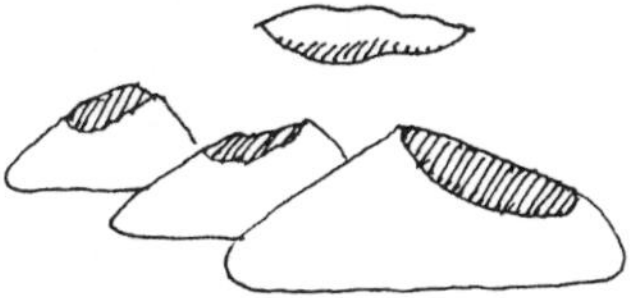

山《やま》のあなたを

山《やアま》のあなたを
見《み》わたせば、
あの山恋《やまこウひ》し、
里《さと》こひし。

やアま→やあま
こウひ→こうい
こひし→こいし

山《やアま》のあなたの
青空《あをぞら》よ、
どうして入日《いりひ》が
遠《とほ》ござる。

山《やアま》のあなたの
ふるさとよ、
あの空恋《そらこウひ》し、
母《はは》こひし。

あを→あお
とほ→とお

白いもの

月《つき》の中《なか》から飛《と》んでくる
白《しろ》い小鳥《ことり》を見《み》ましたか。

花《はな》の中《なか》から咲《さ》いてくる
白《しろ》いにほひを見《み》ましたか。

水《みづ》の中《なか》から湧《わ》いてくる
白《しろ》い狭霧《さぎり》を見《み》ましたか。

にほひ→におい

みづ→みず

歌《うた》の中《なか》から澄《す》んでくる
白《しろ》いひびきを見《み》ましたか。

夢《ゆめ》の中《なか》からさめてくる
白《しろ》い光《ひかり》を見《み》ましたか。

かはいい嬢《ぢやう》さん、泣《な》いたとき、
白《しろ》い小鳥《ことり》を見《み》ましたか。

かはいい→かわいい
ぢやう→じょう

花《はな》

母《かあ》さん、母《かあ》さん、
どうしてこの花《はな》赤《あアか》いの、
どうしてこつちは黄《き》色《いろ》いの。

母《かあ》さん、母《かあ》さん、
どうして赤《あか》いの、黄《き》色《いろ》いの、
ひらひら蝶々《てふ〳〵》は知《し》つてるの。

あアか→ああか
こつち→こっち

てふ→ちょう
知つて→知って

ちんちん千鳥《ちどり》

ちんちん千鳥《ちどり》の啼《な》く夜《よ》さは、
啼《な》く夜《よ》さは、
硝子戸《がらすど》しめてもまだ寒《さむ》い、
まだ寒《さむ》い。

ちんちん千鳥《ちどり》の啼《な》く声《こゑ》は、
啼《な》く声《こゑ》は、

こゑ→こえ

燈《あかり》を消《け》してもまだ消《き》えぬ、
まだ消《き》えぬ。

ちんちん千鳥《ちどり》は親無《おやな》いか、
親無《おやな》いか、
夜風《よかぜ》に吹《ふ》かれて川《かは》の上《うへ》、
川《かは》の上《うへ》。

ちんちん千鳥《ちどり》よ、お寝《よ》らぬか、
お寝《よ》らぬか、
夜明《よあけ》の明星《みやうじやう》が早《は》や白《しら》む、
早《は》や白《しら》む。

かは↓かわ　うへ↓うえ

みやうじやう↓みょうじょう

子供《こども》の村《むら》

子《こ》どもの村《むら》は子《こ》どもでつくろ。
　合唱「みんなでつくろ。」
赤屋根《あかやね》、小屋根《こやね》、ちらちらさせて、
　合唱「みんなで住《す》まうよ。」
子《こ》どもの村《むら》は垣根《かきね》なぞよそよ。
　合唱「ほんとによそよ。」

まう→もう

草花《くさばな》、野菜《やさい》、あっちこっち植《う》ゑて、
　合唱「すず風《かぜ》、小風《こかぜ》。」

子《こ》どもの村《むら》は子《こ》どもできめよ。
村長《そんちやう》さんを一人《ひとり》、みんなで選《えら》び、
　合唱「みんなできめよ。」
　合唱「みんなで代《かは》ろ。」

子《こ》どもの村《むら》は早起《はやおき》ばかり、
　合唱「鶏《こけつこ》と起《お》きて。」
朝《あさ》の中《うち》、御本《ごほん》。お午《ひる》から外《そと》へ、
　合唱「はたらいて歌《うた》はう。」

あつちこつち→あっちこっち
植ゑて→植えて
ちやう→ちょう
かは→かわ
こけつこ→こけっこ
歌はう→歌おう

子《こ》どもの村《むら》は子《こ》どもで護《まも》ろ。
　合唱「みんなで護《まも》ろ。」
てんでの仕事《しごと》、てんでにわけて、
　合唱「みんなで励《はげ》まう。」

子《こ》どもの村《むら》は仲《なか》よし小《こ》よし、
　合唱「喧嘩《いさかひ》せずに。」
てんでに助《たす》け、てんでに仕《つか》へ、
　合唱「楽《たの》しんで遊《あそ》ぼう。」

励まう↓励もう
いさかひ↓いさかい
仕へ↓仕え

子《こ》どもの村《むら》はお伽《とぎ》の村《むら》よ。
合唱「お夢《ゆめ》の里《さと》よ。」
星《ほし》の夜《よ》、話《はなし》。月《つき》の夜《よ》、お笛《ふえ》。
合唱「すやすや眠《ね》よよ。」

子《こ》どもの村《むら》はいつでも子《こ》ども、
合唱「いつでも春《はる》よ。」
子《こ》どもの祭《まつり》、おてんとさんの神輿《みこし》。
合唱「わつしよ、わつしよ、わつしよな。」

わつしよ↓わっしょ

夏《なつ》の小川《をがは》

小川《をがは》はごきげん、よい天気《てんき》、
ちよろちよろ笑《わら》つて走《はし》ります。
坊《ぼ》つちやんお早《はや》う、今日《こんにち》は。
山《やま》ではかやの実生《みな》りました。
ここらのいが栗《くり》まだ青《あを》い。
坊《ぼ》つちやん泳《およ》ぎにゆきますか。
菱《ひし》の実《み》さがしに来《き》ませぬか。
やれやれ、わたしはいそがしい。

をがは↓おがわ

ちよろ↓ちょろ
笑つて↓笑って
ちやん↓ちゃん
やう↓よう

あを↓あお

せぬ↓せん

もひとつ、お里《さと》のみづぐるま
くるくる廻《まは》して、粉挽《こなひ》いて、
それから海《うみ》へとまゐりましよ。
一《ひと》あしお先《さ》きに行《い》つてますよ。
そろそろ裸《はだか》で出《で》ておいで。
麦稈帽《むぎからぼう》と手拭《てぬぐひ》忘《わす》れずに。

みづ→みず
まは→まわ
まゐり→まいり
しよ→しょ
行つて→行って

てぬぐひ→てぬぐい

二《ふた》つの部屋《へや》

くらい硝子戸《がらすど》、
外《そと》は森《もり》、
誰《たれ》か、子《こ》どもが
映《うつ》つてる。

あら、父《とう》さんも、
母《かあ》さんも、

映つて↓映って

あかい灯《あかり》も
ついてゐる。

ごはんのゆげも、
お煙草《たばこ》も、
そして、お話《はなし》
はづんでる。

おなじお部屋《へや》が
ほら、ふたつ、
僕《ぼく》も二人《ふたり》だ、
笑《わら》つてる。

ゐる→いる

はづんで→はずんで

笑つて→笑って

坊《ばう》やのお国《くに》

坊《ばう》やのお寝間《ねま》に何《なに》がある。
大《おほ》きな鏡《かがみ》がかかつてる。
鏡《かがみ》の向《むか》うに何《なに》がある。
川《かは》がたぷたぷながれてる。
川《かは》の向《むか》うに何《なに》がある。
山《やま》がお空《そら》へとどいてる。

ばう↓ぼう

おほ↓おお
かかつてる↓かかってる
むか↓むこ
かは↓かわ

お空《そら》の向《むか》うに何《なに》がある。
雲《くも》が雲《くも》へとつづいてる。
雲《くも》の向《むか》うに何《なに》がある。
大《おほ》きなお日《ひ》さんねねしてる。
お日《ひ》さんの向《むか》うに何《なに》がある。
朝《あさ》がまつかに明《あか》つてる。

まつか→まっか
明つて→明って

たうきび

裏山《うらやま》で兄《あに》と弟《おとと》よ、
たうきびを刈《か》つてゐたとよ。
熊《くま》が出《で》た、わうと出《で》たとよ、
たうきびを採《と》りに来《き》たとよ。
たうきびはあかい毛《け》だとよ、
波《なみ》うつてさやりさやりよ。

たう↓とう
刈つて↓刈って
ゐた↓いた
わう↓おう
うつて↓うって

そうら来《き》た、熊《くま》はこはいよ、
そろそろと立《た》つて来《き》たとよ。

兄《あに》の子《こ》は死《し》んだふりだよ、
弟《おとうと》は息《いき》もつかずよ。

熊《くま》はただ、嗅《か》いで行《い》たとよ、
たうきびをしよつて行《い》たとよ。

この話《はなし》、これでおしまひ、
たうきびを焼《や》いてたべましよ。

こはい→こわい
立つて→立って
しよつて→しょって
おしまひ→おしまい
しよ→しょ

八《や》つあたり

八《や》つあたり、八《や》つあたり、
誰《たれ》かが怒《おこ》つた、そら逃《に》げろ。

――そら〱逃《に》げろ、はよ逃《に》げろ。

八《や》つあたり、八《や》つあたり、
めざまし時《と》計《けい》よ、そら逃《に》げろ。

怒つた↓怒った

八《や》つあたり、八《や》つあたり、
そこらのご本《ほん》も、そら逃《に》げろ。

八《や》つあたり、八《や》つあたり、
ダリヤも、ボールも、そら逃《に》げろ。

八《や》つあたり、八《や》つあたり、
仔猫《こねこ》も、リボンも、そら逃《に》げろ。

——そら〳〵逃《に》げろ、はよ逃《に》げろ。

八《や》つあたり、八《や》つあたり、
お皿《さら》もくる〳〵、そら逃《に》げろ。

八《や》つあたり、八《や》つあたり、
銀紙《ぎんがみ》チヨコレート、そら逃《に》げろ。

八《や》つあたり、八《や》つあたり、
フオークもかちや〳〵、そら逃《に》げろ。

八《や》つあたり、八《や》つあたり、
レコードも、マイクロホオンも、はよ逃《に》げろ。

チヨコレート↓チョコレート

フオーク↓フォーク
かちや↓かちゃ

マイクロホオン
↓マイクロフォン

——そら〳〵逃《に》げろ、はよ逃《に》げろ。

八《や》つあたり、八《や》つあたり、
おうちも、となりも、そら逃《に》げろ。

八《や》つあたり、八《や》つあたり、
早《はや》まはり飛《ひ》行機《かうき》も、そら逃《に》げろ。

八《や》つあたり、八《や》つあたり、
地《ち》球《きう》も太陽《たいやう》も、そら逃《に》げろ。

まはり↓まわり
ひかうき↓ひこうき

ちきう↓ちきゅう
たいやう↓たいよう

八《や》つあたり、八《や》つあたり、
お手手《てて》が来《き》た来《き》た、そら逃《に》げろ。

——そら〱逃《に》げろ、はよ逃《に》げろ。

五十音《ごじゅうおん》

これは単に語呂を合せるつもりで試みたのではない、各行の音の本質そのものを子供におのづと歌ひ乍らにおぼえさしたいがためである。

水馬《あめんぼ》赤《あか》いな。ア、イ、ウ、エ、オ。
浮藻《うきも》に小蝦《こえび》もおよいでる。

柿《かき》の木《き》、栗《くり》の木《き》。カ、キ、ク、ケ、コ。
啄木鳥《きつつき》こつこつ、枯《か》れけやき。

じゅう→じゅう
おのづ→おのず
歌ひ→歌い

大角豆《ささげ》に醋《す》をかけ、サ、シ、ス、セ、ソ。
その魚《うを》浅瀬《あさせ》で刺《さ》しました。

立《た》ちましよ、喇叭《らつぱ》で、タ、チ、ツ、テ、ト。
トテトテタツタと飛《と》び立《た》つた

蛞蝓《なめくじ》のろのろ、ナ、ニ、ヌ、ネ、ノ。
納戸《なんど》にぬめつて、なにねばる。

鳩《はと》ぽつぽ、ほろほろ。ハ、ヒ、フ、ヘ、ホ。
日向《ひなた》のお部屋《へや》にや笛《ふえ》を吹《ふ》く。

うを→うお

しよ→しょ
らつぱ→らっぱ
タツタ→タッタ
立つた→立った

ぬめつて→ぬめって

ぽつぽ→ぽっぽ

にや→にゃ

蝸牛《まゐまゐ》、螺施巻《ねぢまき》、マ、ミ、ム、メ、モ。
梅《うめ》の実落《みお》ちても見《み》もしまい。

焼栗《やきぐり》、ゆで栗《ぐり》。ヤ、イ、ユ、エ、ヨ。
山田《やまだ》に灯《ひ》のつく宵《よひ》の家《いへ》。

雷鳥《らいてう》は寒《さむ》かろ、ラ、リ、ル、レ、ロ。
蓮花《れんげ》が咲《さ》いたら、瑠璃《るり》の鳥《とり》。

わい、わい、わつしよい。ワ、ヰ、ウ、ヱ、ヲ。
植木屋《うゑきや》、井戸換《ゐどが》へ、お祭《まつり》だ。

まゐまゐ→まいまい
ねぢ→ねじ

よひ→よい　いへ→いえ

てう→ちょう

わつしよい→わっしょい
ヰ→イ　ヱ→エ
うゑ→うえ　ゐど→いど
換へ→換え

陽炎《かげろふ》

かげろふ、かげろふ、
何《なに》してる。
ちら〲、菫《すみれ》をさがしてる。
かげろふ、かげろふ、
何《なに》してる。
むじなのお宿《やど》をさがしてる。

かげろふ→かげろう

りすりす小栗鼠《こりす》

栗鼠《りす》、栗鼠《りす》、小栗鼠《こりす》、
ちよろちよろ小栗鼠《こりす》、
葡萄《ぶだう》の房《ふウさ》が熟《うウ》れたぞ、
啼《な》け、啼《な》け、小栗鼠《こりす》。

ちよろ ↓ ちょろ

ぶだう ↓ ぶどう
ふウさ ↓ ふうさ
うウ ↓ うう

栗鼠《りす》、栗鼠《りす》、小栗鼠《こりす》、
ちよろちよろ小栗鼠《こりす》、
あつちの尻尾《しつぽ》が太《ふウと》いぞ
揺《ゆ》れ、揺《ゆ》れ、小栗鼠《こりす》。

栗鼠《りす》、栗鼠《りす》、小栗鼠《こりす》
ちよろちよろ小栗鼠《こりす》、
ひとりで飛《と》んだらあぶないぞ、
負《おぶ》され、負《おぶ》され、小栗鼠《こりす》。

あつち→あっち
しつぽ→しっぽ
ふウと→ふうと

ころころ蛙《かはづ》

ころころ蛙《かはづ》が
はや鳴《な》くよ。
お池《いけ》のそばまで出《で》て見《み》よか。

ころころ蛙《かはづ》が
また鳴《な》くよ。
おしめりしめりに出《で》て見《み》よか。

かはづ→かわず

ころころ蛙《かはづ》は
どこにゐる。
ちらちら桜《さくら》のかげにゐる。

ころころ蛙《かはづ》が
ほれ、ゐたぞ。
菱《ひし》の葉《は》めくつて、ほれ、出《で》たぞ。

ころころ蛙《かはづ》の
のどぶくろ、
ころころ鳴《な》くたび膨《ふく》れてる。

ゐる→いる

ゐた→いた
めくつて→めくって

兎《うさぎ》の電報《でんぱう》

えつさつさ、えつさつさ、
ぴよんぴよこ兎《うさぎ》が、えつさつさ、
郵便《いうびん》はいだつ、えつさつさ、
唐黍《たうきび》ばたけを、えつさつさ、
向日葵《ひまはり》垣根《がきね》を、えつさつさ、
両手《りやうて》をふりふり、えつさつさ、
傍目《わきめ》もふらずに、えつさつさ、
「電報《でんぱう》。」「電報《でんぱう》。」えつさつさ。

でんぱう↓でんぽう
えつさつさ↓えっさっさ
ぴよんぴよこ↓ぴょんぴょこ
いうびん↓ゆうびん
たうきび↓とうきび
ひまはり↓ひまわり
りやうて↓りょうて

お月夜

トン、
トン、
トン、
あけてください。
どなたです。
わたしや木《き》の葉《は》よ。
トン、コトリ。

わたしや→わたしゃ

トン、
トン、
トン、
あけてください。
どなたです。
わたしや風《かぜ》です。
　トン、コトリ。

トン、
トン、
トン、

あけてください。
どなたです。
月《つき》のかげです。
トン、コトリ。

雨《あま》やどり

お庭《には》の笹藪《ささやぶ》、
竹《たけ》の藪《やぶ》、
しよんぼり、雀《すずめ》が雨見《あめみ》てる。

開《ひら》いた丸窻《まるまど》、
竹《たけ》の縁《えん》、
小《こ》矮鶏《ちやぼ》もココココ雨避《あめよ》けだ。

には↓にわ
しよんぼり↓しょんぼり
ちやぼ↓ちゃぼ

廂《ひさし》の蝸牛《でででむし》、
寒《さ》むないか、
雨《あま》だれぽとぽと落《おと》してる。

ツクシ

ツクシ　ガ　イッポン、
オバウシ　ヲ　ワスレタ。
オハカマ　ツケテモ、
オバウシ　ヲ　ワスレタ。

バウシ↓ボウシ

ツクシ　ガ、ツクシ　ガ、
スクスク　ナランダ。
ツクシ　ガ　イッポン、
オバウシ　ヲ　ワスレタ。
ソレデモ　アタマ　ニ、
テントムシ　ガ　トマツタ。

トマツタ↓トマッタ

牛《うし》の子《こ》

牛《うし》の子《こ》、牛《うし》の子《こ》、
なぜねむる。
げんげの畑《はたけ》は
日《ひ》が永《なが》い。

牛《うし》の子《こ》、牛《うし》の子《こ》
なぜ起《お》きる。
お角《つの》のつけねが
こそばゆい。

牛《うし》の子《こ》、牛《うし》の子《こ》、
なぜ啼《な》くの。
お乳《ちち》がのみたい
日《ひ》が永《なが》い。

蕗《ふき》の薹《たう》

蕗《ふき》のこどもの
ふきのたう、
子《こ》が出《で》ろ、子《こ》が出《で》ろ、
ふきが出《で》ろ。

たう→とう

となりの雪《ゆき》も
とけました、
おうちの雪《ゆき》も
照《て》り出《で》した。

出《で》ろよ、萌黄《もえぎ》の
ふきのたう、
りんりん乗《の》りましよ、
三輪《りん》車《しや》。

しよ↓しょ
しや↓しゃ

朝《あさ》

蝸牛《でで》角振《むしつのふ》れ、
野茨《のばら》が小風《こかぜ》に揺《ゆ》れ出《だ》した。
雀《すずめ》もちゆんちゆく鳴《な》いてゐる。
お乳《ちち》しぼりも起《お》きて来《き》た。
牝牛《めうし》も青草《あをぐさ》食べ出《だ》した。

ちゆんちゆく→ちゅんちゅく
ゐる→いる

あを→あお

白《しろ》い牛《うし》黒《くろ》い牛《うし》

大空《おほぞら》の下《した》に、
白《しろ》い牛《うし》がひとり、
北《きた》の方《はう》を向《む》いて。
黒《くろ》い牛《うし》がひとり、
南《みなみ》の方《はう》を向《む》いて。

おほ↓おお
はう↓ほう

なぜ仲《なか》わるいぞ。
なぜ外方《そつぱう》向《む》くぞ。
わたしはお腹《なか》が痛《いと》ござる。
わたしはお乳《ちち》が痛《いと》ござる。
彼奴《あいつ》が、其奴《そいつ》が蹴《け》りました。

怒《おオこ》るな、怒《おこ》るな、
野《の》は花盛《はアなざか》りだ、
白《しろ》い牛《うし》もこつち向《む》け、
黒《くろ》い牛《うし》もこつち向《む》け、
もう丁度昼飯《ちやうどひるめし》だ。

そつぱう→そっぽう

おオこ→おおこ
はアな→はあな
こつち→こっち
ちやうど→ちょうど

あわて床屋《とこや》

春《はる》は早《はや》うから川辺《かはべ》の葦《あし》に、
蟹《かに》が店出《みせだ》し、床屋《とこや》でござる。
チヨッキン、チヨッキン、チヨッキンナ。

小蟹《こがに》ぶつぶつ石鹸《しやぼん》を溶《と》かし、
親爺《おやぢ》自慢《じまん》で鋏《はさみ》を鳴《な》らす。
チヨッキン、チヨッキン、チヨッキンナ。

はや→はよ　かは→かわ
チヨッキン→チョッキン
しやぼん→しゃぼん
おやぢ→おやじ

そこへ兎《うさぎ》がお客《きやく》にござる。
どうぞ急《いそ》いで髪刈《かみか》つておくれ。
チヨッキン、チヨッキン、チヨッキンナ。

兎《うさぎ》ア気《き》がせく、蟹《かに》ア慌《あわ》てるし、
早《はや》く早《はや》くと客《きやく》ア詰《つ》めこむし。
チヨッキン、チヨッキン、チヨッキンナ。

邪魔《じやま》なお耳《みゝ》はぴよこぴよこするし、
そこで慌《あわ》ててチヨンと切《き》りおとす。
チヨッキン、チヨッキン、チヨッキンナ。

きやく→きゃく
刈つて→刈って
じやま→じゃま
ぴよこぴよこ→ぴょこぴょこ
チヨン→チョン

兎《うさぎ》ァ怒《おこ》るし、蟹《かに》ァ耻《はぢ》ょかくし、
為方《しかた》なくなく穴《あな》へと逃《に》げる。
チヨッキン、チヨッキン、チヨッキンナ。
為方《しかた》なくなく穴《あな》へと逃《に》げる。
チヨッキン、チヨッキン、チヨッキンナ。

はぢ→はじ

梢

梢《こずゑ》はいつも新《あたら》しい、
梢《こずゑ》は細《ほそ》くとがつてる。
梢《こずゑ》は高《たか》い、どれ見《み》ても、
梢《こずゑ》は空《そら》につかへてる。

こずゑ→こずえ
とがつてる→とがってる
つかへてる→つかえてる

梢《こずゑ》は見《み》てる、背《せ》のびして、
梢《こずゑ》は遠《とほ》い向《むか》うまで。

梢《こずゑ》は丘《をか》の青《あを》い塔《たふ》、
梢《こずゑ》は留《と》める、鷺《さぎ》や鳩《はと》。

梢《こずゑ》は早《はや》う目《め》がさめる、
梢《こずゑ》は朝《あさ》の雲《くも》を呼《よ》ぶ。

梢《こずゑ》は星《ほし》を集《あつ》めてる、
梢《こずゑ》は月《つき》にすぐ光《ひか》る。

とほ↓とお　むか↓むこ
をか↓おか　あを↓あお
たふ↓とう
はや↓はよ

梢《こずゑ》に立《た》てろ、アンテナを、
梢《こずゑ》はラヂオ聴《き》いてゐる。
梢《こずゑ》は先《さき》に感《かん》じてる、
梢《こずゑ》は雪《ゆき》を感《かん》じてる。

ラヂオ→ラジオ
ゐる→いる

お玉じやくし

お玉じやくしのをどり子が、
ちらと出ました水のうへ。
ソレ、水のうへ。
　ちらら、ちらちら、ちよろ、ちらり、
　春は音頭《おんど》で、ちよろんとせ。

じやくし→じゃくし

をどり→おどり

うへ→うえ

ちよろ→ちょろ

お玉じやくしのくろばうず、
出たよ、出た出た、ごまのよに、
ソレ、ごまのよに。
　ちらら、ちらちら、ちよろ、ちらり、
　春は音頭で、ちよろんとせ。

お玉じやくしはでつかちで、
お手もないない、足もない。
ソレ、足もない。
　ちらら、ちらちら、ちよろ、ちらり、
　春は音頭で、ちよろんとせ。

ばうず→ぼうず

でつかち→でっかち

お玉じやくしよ、まだゐるか。
ゐるよ、ねてゐる、水のそこ。
ソレ、水のそこ。
　ちらら、ちらちら、ちよろ、ちらり、
春は音頭で、ちよろんとせ。

お玉じやくしよ、みな起きて、
をどれ、をどれよ、水のうへ。
ソレ、水のうへ。
　ちらら、ちらちら、ちよろ、ちらり、
春は音頭で、ちよろんとせ。

ゐる↓いる

をどれ↓おどれ

肩《かた》ぐるま

小《ちひ》さな蝸牛《ででむし》を
お父《と》さんの蝸牛《ででむし》が肩車《かたぐるま》に載《の》つけた。
そら伸《の》びあがれ、
もそつと伸《の》びあがれ。
お祭《まつり》が見《み》えるぞ、
御神輿《おみこし》が見《み》えるぞ。

ちひ↓ちい
載つけた↓載っけた
もそつと↓もそっと

すずらん

すずらん、すずらん、
　しろいすず。
すずらん、すずらん、
　やまのはな。

すずらん、すずらん、
　もやのなか。
すずらん、すずらん、
　ひがくれる。

すずらん、すずらん、
　すずがなる。
すずらん、すずらん、
　つきがでる。

夕焼《ゆふやけ》とんぼ

大《おほ》きな、赤《あアか》い蟹《かに》が出《で》て、
藺《ゐ》草《ぐさ》をチヨッキリちよぎります。
藺《ゐ》草《ぐさ》の中《なか》から火《ひ》が燃《も》えて、
その火《ひ》が蜻蛉《とんぼ》に燃《も》えついた。
蜻蛉《とんぼ》は逃《に》げても逃《に》げきれぬ、
唐黍畑《たうきびばたけ》に逃《に》げて来《く》る、
唐黍《たうきび》の頭《あたま》が紅《あこ》なつた。
蓼《たで》の花《はアな》に飛《と》んで来《く》る、

ゆふ↓ゆう

おほ↓おお
あアか↓ああか
ゐぐさ↓いぐさ
チヨッキリ↓チョッキリ
ちよぎり↓ちょぎり

たうきび↓とうきび

なつた↓なった

はアな↓はあな

蓼《たで》の花《はな》にも火《ひ》がついた。
野川《のがは》の薄《すゝき》に留《とヲま》つた、
薄《すゝき》の穂《ほ》さきも火《ひ》になつた。
お庭《には》の鶏頭《けいとう》にやすみませう、
鶏頭《けいとう》もいつぱい火事《くわじ》になる。
助《たす》けて下《くだ》され焼《や》け死《し》ぬる、
蜻蛉《とんぼ》は藺草《ゐぐさ》に縋《すが》りつく。
蜻蛉《とんぼ》の眼玉《めだま》は円《まる》ござる、
くるくる廻《まは》せば山《やま》が見《み》え、
山《やま》の中《なか》から猿《さる》が出《で》て、
あつち向《む》いちや、赤《あアか》んべ、
こつち向《む》いちや、赤《あアか》んべ。

のがは↓のがわ
とヲまつた↓とおまった

には↓にわ　せう↓しょう

いつぱい↓いっぱい
くわじ↓かじ

まは↓まわ

あつち↓あっち
ちや↓ちゃ
こつち↓こっち

栗《くり》と小栗鼠《こりす》

栗《くり》の実《み》が落《お》ちた、
それ見《み》て、小栗鼠《こりす》
ちよろちよろ拾《ひろ》つた。

栗《くり》の実《み》はうまいな、
ちよいと立《た》つて、小栗鼠《こりす》
むつくりむつくり食《た》べた。

ちよろ↓ちょろ
拾つた↓拾った

ちよい↓ちょい
立つて↓立って
むつくり↓むっくり

風吹《かぜふ》いた、かァさかさ、
逃《に》げ出《だ》して、小栗鼠《こりす》
お母《か》さんのお乳《ちち》に取《と》りついた。

かァさ→かあさ

雨《あめ》

雨《あめ》がふります。雨《あめ》がふる。
遊《あそ》びにゆきたし、傘《かさ》はなし、
紅緒《べにを》の木履《かつこ》も緒《を》が切《き》れた。

雨《あめ》がふります。雨《あめ》がふる。
いやでもお家《うち》で遊《あそ》びませう、
千代紙《ちよがみ》折《を》りませう、たたみませう。

べにを↓べにお
かつこ↓かつこ　を↓お

せう↓しよう

を↓お

雨《あめ》がふります。雨《あめ》がふる。
けんけん小雉子《こきじ》が今啼《いまな》いた、
小雉子《こきじ》も寒《さむ》かろ、寂《さび》しかろ。

雨《あめ》がふります。雨《あめ》がふる。
お人形寝《にんぎやうね》かせどまだ止《や》まぬ。
お線香花火《せんかうはなび》もみな焚《た》いた。

雨《あめ》がふります。雨《あめ》がふる。
昼《ひる》もふるふる。夜《よる》もふる。
雨《あめ》がふります。雨《あめ》がふる。

にんぎやう↓にんぎょう
せんかう↓せんこう

おるす

雲《くも》が飛《と》んでる、
　ほら、雲《くも》が、
お山見《やまみ》てると、よく見《み》える。

風《かぜ》が吹《ふ》いてる、
　ほら、風《かぜ》が、
木《き》の葉見《はみ》てると、よく見《み》える。

鳥《とり》がないてる、
　ほら、鳥《とり》が、
おるすしてると、よくきける。

汽車《きしや》が来《く》るよだ、
　ほら、汽車《きしや》が、
窻《まど》をあければ、よく見《み》える。

きしや→きしゃ

りん〱林檎《りんご》の

りん〱林檎《りんご》の木《き》の下《した》に、
小《ちひ》さなお家《うち》を建《た》てましよか、
そしたら小《ちひ》さな窓《まど》あけて、
窓《まど》から青空《あをぞら》見てましよか。

ちひ↓ちい
しよ↓しょ
あを↓あお

りん〳〵林檎《りんご》がなつたなら、
鶫《つぐみ》もちらほらまゐりましよ、
丘《をか》から丘《をか》へと荷《に》をつけて、
商人《あきうど》なんぞも通《とほ》りましよ。

りん〳〵林檎《りんご》に雪《ゆき》がふり、
一夜《ひとよ》に真白《ましろ》くつもつたら、
それこそ、かはいい煙《けむ》あげて、
朝《あさ》から食堂《しよくどう》を開《ひら》きましよ。

なつた↓なった
まゐりましよ↓まいりましょ
をか↓おか
とほ↓とお

つもつたら↓つもったら
かはいい↓かわいい
しよく↓しょく

りん〳〵林檎《りんご》は焼《や》きましよか、
むかずに皿《さら》ごとあげましよか、
お客《きやく》は誰《たれ》やら知《し》りやせぬが、
今《いま》にも見《み》えそな旅《たび》のひと。

りん〳〵林檎《りんご》の木《き》の下《した》に、
小《ちひ》さなお家《うち》を建《た》てましよか、
窓《まど》から青空《あをぞら》見《み》てましよか、
遠《とほ》くの遠《とほ》くを見《み》てましよか。

きやく→きゃく
知りやせぬ→知りゃせぬ

おひる

誰《たれ》か乗《の》ってる
てふてふの翅《はね》に、
そして飛んでる
日の照る方へ。

てふ↓ちょう

誰か乗ってる
てふてふの翅に、
そして息《いき》して
揺《ゆ》れ揺れしてる。

誰か乗ってる
てふてふの翅《はね》に、
そして何やら
光って見える。

誰か乗ってる
てふてふの翅に、
そして野山に
霞《かすみ》がかかる。

吹雪《ふぶき》の晩《ばん》

吹雪《ふぶき》の晩《ばん》です、夜《よ》ふけです、
どこかで夜鴨《よがも》が啼《な》いてます、
燈《あかり》もチラチラ見《み》えてます。

私は見《み》てます、待《ま》つてます、
何《なん》だかそはそは待《ま》たれます、
内《うち》では時計《とけい》も鳴《な》つてます。

待つて↓待って
そはそは↓そわそわ
鳴つて↓鳴って

鈴《すず》です、鳴《な》ります、きこえます、
あれあれ、橇《そり》です、もう来《き》ます、
いえいえ、風《かぜ》です、吹雪《ふぶき》です。

それでも見《み》てます、待《ま》つてます、
何《なに》かが来《く》るよな気《き》がします、
遠《とほ》くで夜鴨《よがも》が啼《な》いてます。

とほ↓とお

昨夜《ようべ》のお客《きやく》さま

昨夜《ようべ》のお客《きやく》さま誰《だアれ》でしよ。
夜更《よふ》けて人声《ひとごゑ》してゐたが、
夙《は》よからお寝間《ねま》を覗《のぞ》いても、
桃色窓掛《ももいろまどかけ》まだ暗《くら》い。

昨夜《ようべ》のお客《きやく》さま誰《だアれ》でしよ。
見知《みし》らぬ子《こ》どもか、小母《をば》さまか、

きやく→きゃく

だアれ→だあれ
しよ→しょ
ひとごゑ→ひとごえ
ゐた→いた

をば→おば

それともお髭《ひげ》の小父《をぢ》さまか、
何処《どこ》からおいでか、何《なに》しにか。

昨夜《ようべ》のお客《きやく》さま誰《だアれ》でしよ。
お母《か》さんに聞《き》いたら御存《ごぞん》じか、
お父《と》さんはなんにも仰《お》つしやらぬ、
ほんとに誰《だアれ》も来《き》はせぬか。

昨夜《ようべ》のお客さま誰《だアれ》でしよ。
早《は》よ早《は》よ知《し》りたい、逢《あ》つて見《み》たい。
林檎畠《りインごばたけ》の紅雀《べにすずめ》、
お前《まへ》は誰《だれ》だか知《し》つててか。

をぢ→おじ

仰つしやらぬ→仰っしゃらぬ

逢つて→逢って

りインご→りいんご

まへ→まえ

知つて→知って

あのこゑ

『もういいよ』
『もういいよ』
野山《のやま》の、野山《のやま》の、白《しろ》うつぎ、
白《しろ》うつぎ、
どこかで、あの子《こ》が、呼《よ》んでゐる。

こゑ→こえ
ゐる→いる

『もういいよ』
『もういいよ』
きのふの、きのふの、かくれんぼ、
かくれんぼ、
いまでも、どこかで呼《よ》んでゐる。

『もういいよ』
『もういいよ』
月夜《つきよ》の、月夜《つきよ》の、白《しろ》うつぎ、
白《しろ》うつぎ、
そこらに、あの子《こ》が、かくれてる。

きのふ→きのう

ねんねのお国《くに》

ねんねのお唄《うた》はいいお唄《うた》、
ねんねのお唄《うた》を聴《き》いてれば、
桃《もも》いろお月《つき》さまかすみます、
ねんねのお国《くに》へまゐります。

まゐり↓まいり

ねんねのお国《くに》は花祭《はなまつり》、
夢《ゆめ》から夢《ゆめ》へとにほひます、
小鳥《ことり》も鳴《な》きます、歌《うた》ひます、
お囃子《はやし》なんどもきこえます。

ねんねの祭《まつり》へゆく人《ひと》は、
ちらちら、丘《をか》からつづきます、
小《ちひ》さなお馬《うま》に花《はな》の山車《だし》、
鵞鳥《がてう》のお舟《ふね》も通《とほ》ります。

にほひ→におい
歌ひ→歌い

をか→おか
ちひ→ちい
がてう→がちょう
とほ→とお

ねんねの祭《まつり》で見《み》る人《ひと》は、
何《なん》だかうれしい人《ひと》ばかり、
いつだか、何処《どこ》でか、どうしてか、
何《なん》だか見《み》たよな人《ひと》ばかり。

ねんねのお母《か》さまいいお方《かた》、
いつでもかはいとお抱《だ》きなる、
お手々《てて》を曳《ひ》かれて、祭見《まつりみ》て、
はぐれて泣《な》いてりや目《め》がさめた。

かはい↓かわい
りや↓りゃ

どこへゆく

あのかぜ　うごいて
どこへゆく。

あのくも　うごいて
どこへゆく。

おやまが　おそらに
ぶつかりさう。
あのそら　うごいて
どこへゆく。

さう ↓ そう

雨ふり

雨雨《あめあめ》、ふれふれ、母《かあ》さんが
蛇《じゃ》の目《め》でおむかひうれしいな。
　ピッチピッチ　チャップチャップ
ランランラン。

じや→じゃ
むかひ→むかい
ピツチ→ピッチ
チヤツプ→チャップ

かけましよ、鞄《かばん》を母さんの
あとからゆこゆこ鐘が鳴る。
　ピッチピッチ　チャップチャップ
　ランランラン。

あらあら、あの子はずぶぬれだ、
柳の根かたで泣いてゐる。
　ピッチピッチ　チャップチャップ
　ランランラン。

しよ→しょ
ゐる→いる

母さん、僕のを貸しましよか、
君君この傘さしたまへ。
　ピッチピッチ　チャップチャップ
　ランランラン。

僕ならいいんだ、母さんの
大きな蛇の目にはいつてく。
　ピッチピッチ　チャップチャップ
　ランランラン。

たまへ→たまえ
はいつてく→はいってく

さよなら

「さよならよ。」
「さよならよ。」
あかい帽子のぼんぼんを
ちよいとつまんで、
そら、駈けた。

ちよい→ちょい

「さよならよ。」

「さよならよ。」

あかいポストよ、まがりかど、
霧《きり》がふります、

「またあした。」

月が出る、
月が出る。
あかい灯《あかり》がぼうとして。
「ごはんですよ。」と
誰か呼ぶ。

月へゆく道

月《つき》へゆく道《みち》、
空《そら》の道《みち》。

ゆうかりの木《き》の
こずゑから、

こずゑ → こずえ

しろいお船《ふね》の
マストから、

アンテナのさき、
夜露《よつゆ》から。

月《つき》へゆく道《みち》、
光《ひか》る道《みち》。

まっすぐ、まっすぐ、
青《あを》い道《みち》。

あを→あお

風《かぜ》よ吹《ふ》け吹《ふ》け

風《かぜ》よ、吹《ふ》け、吹《ふ》け、
挽臼《ひきうす》廻《まは》せ、
粉屋《こなや》粉挽《こなひ》き、
パン屋《や》さんが捏《こ》ねて、
朝《あさ》はほやほや蒸《ふ》かし立《た》て。

まは→まわ

雀《すずめ》のあたまは

雀《すずめ》のあたまは
さむかろな。
茶《ちゃ》いろの頭巾《づきん》を
かぶせよか。
雀《すずめ》のお羽根《はね》は
さむかろな。

ちゃ↓ちゃ
づきん↓ずきん

霰《あられ》がころころ
ころげてる。

雀《すずめ》の尻尾《しつぽ》は
さむかろな。
ふられて汚《よ》ごれて
ふるへてる。

雀《すずめ》の親子《おやこ》は
さむかろな。
チヨツチヨと
枯枝《かれえだ》くぐつてる。

しつぽ↓しっぽ

ふるへてる↓ふるえてる

チヨツチヨ↓チョッチョ
くぐつてる↓くぐってる

カトンボ

カトンボ、カトンボ、
カヤノミ　アヲイ。
トベトベ、カトンボ、
チヒサナ　クモ　モ
イト　カケ、
アシ　カケ、
ブランコ　シテル。

アヲイ↓アオイ
チヒサナ↓チイサナ

カトンボ、カトンボ、
マダ　ソラ　アカイ。
トベトベ、カトンボ、
サイカチムシ　モ
ツノ　タテ、
ハネ　タテ、
オヒヨリミテル。

お母さま

お母《かあ》さまはよい方《かた》、
お月《つき》さまよ、みんなの。
お母《かあ》さまはひとりよ、
たつた世界《せかい》にひとりよ。

たつた↓たった

お母《かあ》さまは木蓮《もくれん》、
白《しろ》い気高《けだか》い木蓮《もくれん》。

お母《かあ》さまはやさしい、
霧雨《きりあめ》のやうにやさしい。

お母《かあ》さまはせつない、
乾草《ほしぐさ》のやうにせつない。

お母《かあ》さまはあつたかい、
鸛《こふのとり》のやうにあつたかい。

やうに→ように

あつたかい→あったかい
こふのとり→こうのとり

お母《かあ》さまはうれしい、
国旗《こくき》のやうにうれしい。

お母《かあ》さまはこひしい、
お空《そら》のやうにこひしい。

お母《かあ》さまはよい方《かた》、
ほんとうにいつもよい方《かた》。

こひしい↓こいしい

秋の日

ここだ、ほら、ちやうどここらに
をみなへし咲《さ》いてゐたつけ。
さうだ、そだ、虫《むし》か、なんだか
きよっきよっと鳴《な》いてゐたつけ。

ちやうど↓ちょうど
をみなへし↓おみなえし
ゐたつけ↓いたつけ
さう↓そう

あそこだよ、牛《うし》がゐたのは、
あつたかい、いい日《ひ》だつたよ。

母《かあ》さんが何《なに》か言《い》つたよ、
何《なん》だつけ、忘《わす》れちやつたよ。

白《しろ》い胡麻《ごま》干《ほ》してあつたよ、
黒《くろ》い胡麻《ごま》干《ほ》してあつたよ。

ゐた↓いた
あつたかい↓あったかい
だつた↓だった
言つた↓言った
だつけ↓だっけ
ちやつた↓ちゃった
あつた↓あった

今夜《こんや》のお月《つき》さま

海《うみ》のあなたに出《で》た月《つき》は
今夜《こんや》はべに色《いろ》、
茜色《あかねいろ》。

父《とう》さま若《も》しかと出《で》て見《み》れば、
お船《ふね》の煙《けぶり》も
まだ見《み》えぬ。

いくさが果《は》てたか、死《し》んでてか、
お鳩《はと》のたよりも
まだつかぬ。
今夜《こんや》のお月《つき》さまなぜ紅《あか》い、
血染《ちぞめ》の色《いろ》して
なぜ紅《あか》い。

ピアノ

雲《くも》がゆきます、雲《くも》のうへ、
　ドレ、ミッちゃん
ソラ、ソッちゃん、
ミレ、ド、レ、ミッちゃんちゃん。

うへ→うえ
ちゃん→ちゃん

風《かぜ》が吹《ふ》きます、風《かぜ》のあと、
ドレ、ミッちゃん、
ソラ、ソッちゃん、
ミレ、ド、レ、ミッちゃんちゃん。

ほうい、だれだかよんでるよ。
ドレ、ミッちゃん、
ソラ、ソッちゃん、
ミレ、ド、レ、ミッちゃんちゃんちゃん。

子《こ》ども、かけろよ、月《つき》が出《で》る。
ドレ、ミッちゃん、
ソラ、ソッちゃん、
ミレ、ド、レ、ミッちゃんちゃん。

さざなみ

さざなみよ、
銀《ぎん》のさざなみ。

ちららちら、
うごくさざなみ。

さざなみの
光《ひか》る方《はう》から。

はう→ほう

ほら、見《み》てる、
みんな魚《さかな》だ。

笑《わら》つてる、
目《め》が光《ひか》つてる。

青《あを》い空《そら》、
遠《とほ》い沖《おき》から。

とんとと　と、
音《おと》もしてゐる。

笑つてる↓笑ってる
光つてる↓光ってる

あを↓あお
とほ↓とお

ゐる↓いる

からたちの花

からたちの花《はな》が咲《さ》いたよ。
白《しろ》い白《しろ》い花《はな》が咲《さ》いたよ。

からたちのとげはいたいよ。
青《あを》い青《あを》い針《はり》のとげだよ。

あを→あお

からたちは畑《はた》の垣根《かきね》よ。
いつもいつもとほる道《みち》だよ。

からたちも秋《あき》はみのるよ。
まろいまろい金《きん》のたまだよ。

からたちのそばで泣《な》いたよ。
みんなみんなやさしかつたよ。

からたちの花《はな》が咲《さ》いたよ。
白《しろ》い白《しろ》い花《はな》が咲《さ》いたよ。

とほる→とおる

かつた→かった

編者あとがき

詩人北原白秋は、一八八五年福岡県柳川沖端の豪商の長男（トンカ・ジョン―大きな坊ちゃん）として生まれました。弟の鉄雄（チンカ・ジョン―小さな坊ちゃん）は、出版社アルスを興し、妹の家子（ゴンシャン）は白秋の親友の画家山本鼎に嫁ぎました。

矢留尋常小学校から伝習館中学に通うころから藤村の「若菜集」に魅せられ、詩歌、散文を制作。雅号を白秋としました。父の反対を押して上京。若山牧水、土岐善麿、河井酔茗を知り、さらに与謝野鉄幹、晶子、吉井勇、石川啄木、上田敏らと交友。詩集「邪宗門」「思ひ出」などを出版。一九一八年、鈴木三重吉の「赤い鳥」に誘われ、童謡の創作を始め、翌年には童謡集「とんぼの眼玉」をアルスより刊行。以後「兎の電報」「雀の卵」「まざあ・ぐうす」「祭の笛」「子供の村」「からたちの花」「象の子」

等の童謡集を刊行しました。これらの童謡は高村光太郎が見抜いたようにすべてが「天品」の芸術であり詩でありました。

白秋が生まれた柳川には、今も沖端川や掘割りをめぐるどんこ舟が行き交い、ぎょろ目のぎんやんまは悠々と水面を飛行しています。目をこらせば小蟹だって護岸壁の草むらで泡を吹いています。

沖端には白秋の生まれた家が復元され、北原白秋記念館になっています。なかに入ると、昔、有明海でえびやむつごろうの漁をした漁具が並べられ、「赤い鳥」の創刊号や童謡集「とんぼの眼玉」「雀の卵」などの初版本が所狭しと陳列されていて、いましも白秋が出迎えてくれそうな気配です。

その白秋が童謡について語っている一文があります。

・私の童謡は幼年時代の私自身の体験から得たものが多い。（中略）此の生れた風土山川を慕ふ心は、進んで寂光常楽の彼岸を慕ふ信と行とに自分を高め、生みの母を恋ふる涙はまた、遂に神への憧憬となる。（童謡私観　一部抄）

・私の童謡にはまた泥にまみれた児童の手のやうな親しさとなまなましさとを欲する。草の汁、昆虫の肢、果実の薫り、乳のねばり、花粉、汗、それらが手にも頭にも頰にも、着物にも露はな膝にも足の裏にも薫る如きことを欲する。（同右）

・私はよく童心に還れと云つた。（中略）真の思無邪の境涯にまでその童心を通じて徹せよと云ふのである。恍惚たる忘我の一瞬に於て、真の自然と渾融せよと云ふことである。（同右）

　冬に葉が落ち枯枝になった薔薇の木に、春、薔薇の花が咲く不思議に白秋はハッと驚いて、
―「薔薇の木に／薔薇の花咲く、／なにごとの不思議なけれど。」と書きました。頭がしぜんとさがって、この世の神心（かみごころ）の前に手を合わせたといいます。（洗心雑話）
「子供に還らなければ、何一つこの忝《かたじけな》い大自然のいのちの流れをほんとうにわかる筈はありません」という白秋の言葉に、ぼくらは耳をすま

したい、とあらためて思いました。

二〇〇九年五月

編者　田中和雄

この詩集は、「白秋全童謡集」（岩波書店）より選びました。
今の読者に読みやすくすることを考えて、本文の下に新かなづかいを記しました。

かへろが鳴くからかぁへろ

二〇〇九年五月二四日初版発行
詩　北原白秋
発行者　田中和雄
発行所　株式会社　童話屋
〒168-0063　東京都杉並区和泉三ー二五ー一
電話〇三ー五三七六ー六一五〇
製版・印刷・製本　株式会社　精興社
NDC九一一・一六〇頁・一五センチ

ISBN978-4-88747-095-8

地球の未来を考えて T.G（Think Green）用紙を使用しています。